AF296300

L'AMOUR

ET

L'HOMŒOPATHIE

Vaudeville en deux actes,

PAR MM.

HENRY, Adolphe **JADIN** et **ALPHONSE**.

REPRÉSENTÉ POUR LA PREMIÈRE FOIS,
A PARIS, SUR LE THÉATRE DE LA PORTE-SAINT-ANTOINE,
Le 5 octobre 1836.

PRIX : 50 CENTIMES.

PARIS.

J.-N. BARBA, LIBRAIRE, PALAIS-ROYAL.
JULES LAISNÉ, LIBRAIRE, 1, GALERIE VÉRO-DODAT.
MORAIN, 43, FAUB. St-MARTIN.—POSTEL, RUE DE LA MONNAIE.

1836.

<div style="text-align:center">~~~~~~</div>

PERSONNAGES.	ACTEURS.
GUICHARD, Médecin,	MM. HENRI.
RAGOULOT,	FERDINAND.
ERNEST, amant d'Eugénie,	HIPPOLYTE.
FRÉDÉRIC, ami d'Ernest,	SÉLIGNY.
JOSEPH, domestique de Guichard,	BLUM.
EUGÉNIE, nièce de Guichard, jeune veuve,	Mme BARVILLE.

(La scène se passe aux environs de Montmorency.)

Imp. d'Ed. PROUX et Ce., rue Neuve-des-Bons-Enfans, 3.

ACTE PREMIER.

SCÈNE PREMIÈRE.

*Le théâtre représente la campagne. A gauche la façade de la maison de
M. Guichard; sur le devant de la scène un banc de gazon, adossé à un
grand arbre; à droite, au fond, un poteau sur lequel on lit :* Route de
Montmorency.
*Au lever du rideau, Joseph sort de la maison, tenant une assiette sur la-
quelle est une cuisse de poulet; il a sous le bras gauche une bouteille, et
sous le bras droit un long pain.*

Joseph, *seul.* — Pendant que tout le monde dort encore, comme
on dit, du sommeil de l'innocence, tâchons de déjeuner tranquille,
si c'est possible.... (*Il dépose tout ce qu'il tient sur un banc de gazon.*)
Voyons; le solide à gauche, le liquide à droite. (*Il coupe du pain.*)
Comme on s'abuse, pourtant!... C'est vrai; moi, je croyais bonne-
ment, quand M. Guichard, qui a exercé pendant trente ans la médecine à Paris, est venu se retirer dans cette petite maison à une
demi-lieue de Montmorency, que nous allions nous reposer de nos
travaux mutuels... lui d'ses envois dans le département d' l'autre
monde, et moi d' mes courses dans l'intérieur. Ah! ben oui, on
dirait qu' les habitans de ce pays se sont donné le mot pour être
malades.... Quel état que celui de médecin! Etre dérangé à chaque
instant.

Air : *Adieu, je vous fuis.*

Faut quitter un bon déjeuner
Pour un marmot qui d'mande à naître;
Faut laisser là l'meilleur dîner
Pour un vieux qui veut disparaître.
A forc' vraiment d's'exténuer
Ces pauv' méd'cins, la chose est rude,
Finissent eux-mêmes par se tuer :
C' que c'est pourtant que l'habitude!

Cette classe estimable a droit à ma pitié!... Attaquons cette cuisse
de dinde qui embaume. (*Il la sent. On appelle Joseph.*) On y va... Un
instant, que diable! Au moment où j'allais....

SCÈNE II.

JOSEPH, GUICHARD, EUGÉNIE.

Guichard, *à Joseph.* —Eh bien! ne vous gênez pas. Vous ne m'a-
vez pas entendu?
Joseph, *gesticulant avec sa cuisse de dinde.* —Bien du contraire,
monsieur; mais j'étais en train de déjeuner.
Guichard.—En vérité, je suis désolé d'avoir dérangé M. Joseph.
Joseph.—Oh! il n'y a pas de quoi....
Eugénie, *souriant.*—Joseph s de bonne composition....
Guichard, *examinant.* — Mais voyez donc, Eugénie, comme ce

drôle se soigne.... de la volaille! (*Prenant la bouteille.*) et de mon vieux Bordeaux!... Comment, misérable!...

Joseph.—Ah! dam! monsieur, c'est un régime que j'suis comme ça depuis long-temps.

Eugénie, *riant.* — Ah! si c'est un régime....

Guichard, *avec colère.* — Allez mettre de suite le cheval au cabriolet.

Eugénie. — Vous nous quittez, mon oncle?

Guichard.—Pour vous revenir bientôt. Tu sais, le vieux Dufour, ce malade que je traite depuis si long-temps : il est au plus mal.

Joseph, *à part.* — A la fin.

Eugénie, *avec malice.* — Et il ne veut pas partir sans vous?

Guichard, *riant.* — Il est trop bien appris pour cela.

Air : *Vaudeville du Petit Courrier.*

Certe il a droit à tous mes soins,
Depuis vingt ans que je le traite!
Une ordonnance est bientôt faite,
Et dès demain je vous rejoins;
Auprès de lui, coûte que coûte,
Je dois me rendre tout exprès.

JOSEPH, *à part.*

Bon! v'là l'méd'cin qui se met en route
L' malade peut faire ses paquets.

Guichard, *vivement.* — Eh bien! et le cheval?

Joseph. — J'y vas, monsieur. Vous permettez qu' j'emporte mon repas?

Guichard. — Emporte ce que tu voudras; mais dépêche-toi.

Joseph, *emportant tout.* — Chienne de maison, où on ne déjeune qu'à moitié!

SCÈNE III.

GUICHARD, EUGÉNIE.

Guichard. — Quelle patience il faut avoir! Ma chère Eugénie, car je ne vois toujours qu'Eugénie dans la veuve de M. de Renneville, pour un lendemain de bal, sais-tu que te voilà levée de bien bonne heure.

Eugénie. — Ah! mon oncle, je ne pouvais pas dormir. (*A part.*) Il était à cette fête; et pas un regard! pas un mot!

Guichard. — Ah! ça, j'ai un compliment à te faire.... Tu t'es donc enfin décidée? Je te félicite de ta résolution; elle me prouve que tu as compris le langage de la raison.

Eugénie.—De la raison! quand on consent à vingt ans à prendre un mari de soixante!

Guichard. — Je réponds de ton bonheur avec lui : Ragoulot est mon ami d'enfance, et, à quelques petites originalités près, c'est bien le meilleur cœur que je connaisse.

Eugénie. — Je le crois comme vous, mais... c'est peut-être une faiblesse... je vous l'avouerai, ce nom de Ragoulot me fait peur.... Il me semble déjà m'entendre annoncer dans un de nos brillans salons de Paris : *Madame Ragoulot!* Ragoulot! voyez-vous d'ici l'effet qu'un pareil nom doit produire sur nos fashionables, nos dandys?...

Air : *Vaudeville de la Petite sœur.*

Chacun rira, je le soutiens...

GUICHARD.

Mais quelle erreur est donc la vôtre ?

EUGÉNIE.

Madame Ragoulot !....

GUICHARD.

Eh! bien !...
N'est-ce pas un nom comme un autre ?

EUGÉNIE.

Oui...., mais il me semble nouveau.

GUICHARD.

Qu'importe comment on se nomme ;
Un nom, ma chère, est toujours beau,
Quand c'est celui d'un honnête homme.

Veux-tu que je te dise : je crois que ce n'est pas tant la crainte du ridicule que d'anciens souvenirs....

EUGÉNIE, *vivement.* — Mon oncle !

GUICHARD. — Quelle indigne faiblesse !

EUGÉNIE. — Vous voulez parler de M. Ernest de Rincy ? Que vous êtes injuste ! Je ne me souviens même plus de son nom.

GUICHARD, *souriant.* — C'est ce que je vois. Je ne connais pas ce M. Ernest... mais d'après ses assiduités auprès de toi....

EUGÉNIE. — Ah ! de grâce, mon oncle, pas un mot de plus sur ce sujet !

GUICHARD. — Tu as raison : j'aime mieux te parler du parti que je te présente.

EUGÉNIE.—Je ne conteste pas les bonnes qualités de votre ami....

GUICHARD. — Ragoulot !

EUGÉNIE. — Ragoulot !... Mais convenez, mon oncle, qu'il a des manies.

GUICHARD. — Je sais que son goût pour la botanique, et surtout pour l'histoire naturelle, l'absorbe un peu....

EUGÉNIE. — Si vous disiez beaucoup.... Et puis là, entre nous, il est bien vieux.

GUICHARD. — Vieux ! mais il a tout au plus mon âge.

EUGÉNIE. — J'espère, mon bon oncle, que vous n'avez pas la prétention d'être un jeune homme.

GUICHARD. — Un jeune homme ! non ; mais on est mûr, et voilà tout.

EUGÉNIE. — Quel plaisir peut-il trouver à faire souffrir, à torturer de pauvres insectes, comme il le fait ?

GUICHARD. — Tu attaches aussi trop d'importance à une chose qui n'en vaut pas la peine.

EUGÉNIE. — Cela dénote toujours un mauvais cœur.

GUICHARD. — Rassure-toi : Ragoulot, une fois ton mari, changera. Mais je l'entends !

SCÈNE IV.

LES MÊMES, RAGOULOT, *une valise de ferblanc en bandouillère, un filet à papillons, un émondoir, un fusil de chasse, une gibecière.*

RAGOULOT.

Air : *Moi je suis grisette.*

Moi, je dévalise
Les parterres et les bois,
J'ai, dans ma valise,
Cent fleurs à la fois.

Flore, tu t'opposes
En vain à mes coups,
Je prends jusqu'aux roses :
(*à Eugénie*)　Prenez garde à vous !

Moi je dévalise, etc.

<table>
<tr><td>GUICHARD.</td><td>EUGÉNIE.</td></tr>
<tr><td>Dieu! quelle sottise ;
De courir ainsi les bois,
Bien fou qui courtise
Cent fleurs à la fois.</td><td>Il nous dévalise
Nos parterres et nos bois,
Et Monsieur courtise
Cent fleurs à la fois.</td></tr>
</table>

GUICHARD. — Tu t'es bien fait attendre !

RAGOULOT. — C'est qu'il faut du temps pour mettre tout cet attirail.

EUGÉNIE, *l'examinant.* — Ah ! mon Dieu ! monsieur, comme vous voilà équipé : on dirait que vous allez à la découverte d'un nouveau monde.

RAGOULOT. — Il ne faudrait peut-être pas chercher bien loin pour en trouver un meilleur que celui-ci. Vous voyez un homme désespéré....

EUGÉNIE. — Que vous est-il donc arrivé ?

RAGOULOT. — Un malheur irréparable !

GUICHARD. — Explique-toi....

RAGOULOT. — Vous savez bien mon grand lézard vert, mon *lacertus viridis* de la grande espèce ? Le misérable, abusant de ma confiance, s'est échappé cette nuit.

EUGÉNIE. — Ah ! ah ! votre *lacertus !*

GUICHARD. — Que le diable t'emporte ! tu m'as fait une peur.... Mais, à propos de malheur, ne va pas t'aviser, comme l'autre jour, de chasser dans la forêt : les gardes ont juré de découvrir le braconnier, et s'ils t'attrapaient....

RAGOULOT. — J'en ai dépisté de plus fins qu'eux.

Air : J'étais bon chasseur autrefois.

J'étais bon chasseur autrefois ;
C'est là, mes amis, de l'histoire,
Dans les boudoirs et dans les bois
Je l'ai prouvé, l'on peut m'en croire.
En vain l'on voudrait m'effrayer,
J'espère encor, chasseur robuste,
Montrer aux belles, au gibier,
Que j'ai toujours le coup d'œil juste.

GUICHARD. — Ah ! fripon ! C'est égal, ne t'expose pas : les délits de chasse sont punis très sévèrement.

RAGOULOT, *à part.* — J'ai promis un lièvre pour le dîner, et ils l'auront.

GUICHARD. — Ah ! ça, j'ai une visite à faire assez loin d'ici ; je confie Eugénie à ta garde.

RAGOULOT. — Madame veut donc bien m'accepter pour son chevalier ?

EUGÉNIE. — Présenté par mon oncle... mais j'espère, Monsieur, ne pas mettre votre courage à de trop rudes épreuves.

RAGOULOT. — A de trop rudes épreuves, belle dame : il n'en existe pas que je ne me sente prêt à surmonter pour vous mériter.

GUICHARD. — Pas mal !

EUGÉNIE. — De la galanterie ! C'est sans doute pour commencer à remplir les devoirs de chevalier que M. Ragoulot part ainsi armé de pied en cap à la recherche des mécréans?

RAGOULOT (*à part*). — Il n'y a de mécréant ici que mon lézard. (*haut*) Vous plaisantez, sensible veuve, mais, si le cas échéait, on me verrait tout aussi bien, peut-être mieux qu'un autre...

GUICHARD. — Rompre une lance!...

RAGOULOT. — Une! deux, quatre, six lances!

GUICHARD. — Peste!

RAGOULOT. — Ah! c'est qu'il ne faudrait pas qu'on me marchât sur le pied...; j'ai été fort mauvaise tête, et malheur à qui me piquerait au vif, car, une, deux! (*Il se fend sur Guichard.*)

GUICHARD. — Touché! bravo!

EUGÉNIE *souriant*. — Vous piquer au vif! ce serait un prêté pour un rendu.

RAGOULOT. — Ah! parce que... vous allez encore blâmer mon goût pour l'histoire naturelle.

EUGÉNIE. — Ai-je si grand tort?

RAGOULOT. — Mais, je les bénis ces goûts, puisque c'est grâce à eux qu'il m'a été permis d'apprécier la bonté de votre cœur; car si votre sensibilité a été excitée à un tel point pour de misérables insectes, pour de vils reptiles, que n'éprouvera-t-elle pas, lorsqu'il s'agira d'un animal raisonnable!.. d'un mari enfin; car, remarque bien, Guichard, que, selon M. de Buffon, l'homme, l'animal vulgairement appelé l'homme... est le plus...

GUICHARD, *l'interrompant*. — C'est bon! c'est bon! ce mot d'animal qui revient sans cesse n'a rien de flatteur. Ah! voici Joseph!

SCÈNE V.

LES MÊMES, JOSEPH.

GUICHARD. — Cocotte est-elle prête?

JOSEPH. — Oui, monsieur, mais la pauvre animal....

GUICHARD (*à part*). — Allons! à l'autre à présent, nous n'en sortirons pas! (*Haut.*) Eh bien!..

JOSEPH. — Elle n'a pas voulu manger, on aurait dit qu'elle sentait ça.

GUICHARD. — Quoi?

JOSEPH. — Quoi? Demandez à votre ami.

GUICHARD. — Explique-toi.

RAGOULOT. — Ton domestique divague.

JOSEPH. — Je ne dis pas ça? Comme si monsieur ne pouvait pas mettre ses animaux étrangers autre part que dans l'écurie. D'abord ça casse bras et jambes à Cocotte, et à moi aussi.

RAGOULOT. — Que dis-tu? je respire à peine... si c'était..., mais achèves donc, tu me fais mourir à petit feu.

JOSEPH.

Air : *Vaudeville de l'Apothicaire.*

C'était une espèce d'horreur,
Un être vert... abominable,
Ayant une queue, et d'un' longueur
A dégoter celle du diable!
A c't aspect, saisis d'un effroi
Qu'ici je ne saurais décrire,
Nous sommes restés, Cocotte et moi,
Comm' deux bêtes, sans nous rien dire.

RAGOULOT. — Plus de doute, c'est lui! je l'ai retrouvé... Oh! mes amis, soutenez-moi, l'émotion! la joie! (*à Joseph*) Ah ça! j'espère que tu n'y a pas touché?

JOSEPH. — Touché! ah ben oui!

RAGOULOT. — Il est de la famille...

GUICHARD. — Mais, enfin...

JOSEPH. — Ah! il est de vot' famille.... c'est un crapaud.

GUICHARD. — Un crapaud!..

EUGÉNIE. — Quelle horreur!

RAGOULOT. — Mais il y a méprise dans l'espèce, ce n'est point proprement dit un...

JOSEPH. — Proprement est gentil!

GUICHARD. — Quel que soit l'individu, je te prie de lui chercher un autre logement que mon écurie; tu vois l'impression que ça fait sur toute la maison, bêtes et gens!

RAGOULOT *à Eugénie*. — Calmez-vous, belle dame, nous le mettrons autre part... dans la chambre de Joseph.

JOSEPH. — Dans ma chambre!

EUGÉNIE. — Ce pauvre Joseph!

JOSEPH. — Dans ma chambre..! Monsieur, je vous préviens que si l'infâme quadrupède met le pied dans ma chambre..... le fusil à deux coups de monsieur est chargé, je ne vous dis que ça.

RAGOULOT. — Malheureux!

EUGÉNIE *à Joseph*. — De la modération.

JOSEPH. — Eh! madame, le peux-je? Quand je me trouve tous les jours exposé aux plus grands périls? l'autre soir encore, n'ai-je pas trouvé dans mon lit des espèces d'hannetons, dont l'un avait encore une étiquette sur le dos.

RAGOULOT. — Mes deux derniers scarabées!

JOSEPH. — Vos carabées..., eh ben! ils sont loin, s'ils courent toujours (*il fait le geste d'écraser*). Enfoncés les carabées!

RAGOULOT. — Joseph! vous me faites bien du mal.

GUICHARD. — Allons! qu'il ne soit plus question de tout cela... mon malade me réclame, je vous quitte.

Air : *Aumônier du régiment.*

Médecin de ce pays,
Mes avis
Sont suivis,
Car parfois je guéris.
Médecin de ce pays,
Je guéris ;
De la Parque je ris.

Point de médecine fade,
Point de régime ennuyeux,
Point de visage maussade
Au chevet du malheureux.
Oui, c'est ainsi que je pense ;
Car, selon moi, la gaîté
Est, sauf meilleure ordonnance,
Compagne de la santé.

Médecin de ce pays, etc.

Qu'un infortuné succombe,
Je sais, calmant ses douleurs,
Lui faire voir sur sa tombe
Dans l'avenir quelques fleurs,
Et bercé par l'espérance,
Baume du dernier moment,

Des rives de l'existence,
Il s'en va presque content.

Médecin de ce pays, etc.

(*A Ragoulot.*) Viens me reconduire, Ragoulot ; (*à Eugénie*) je vais lui adresser quelques remontrances. Ah ! j'oubliais (*à Joseph*), si, pendant mon absence, on amenait ce jeune homme que j'attends de Paris, et que je dois traiter pour aliénation mentale...

RAGOULOT. — Qu'est-ce que tu parles d'aliénation mentale ?

EUGÉNIE. — Pour cette fois, il n'est pas question de vous.

RAGOULOT. — Oh ! méchant ! méchant !

GUICHARD *à Joseph.* — Tu le feras conduire à la petite maison.

RAGOULOT. — Aux Petites-Maisons, tu veux dire.

GUICHARD *à Joseph.* — Tu entends !

JOSEPH. — Oui, monsieur ; (*à part*) ça fera la paire.....

GUICHARD. — Adieu, ma chère nièce, j'espère que pour te complaire ton chevalier renoncera à sa monomanie animale.

Air : *Mire dans mes yeux tes yeux.*

Pour te plaire, il va changer.
Ris de sa folie,
Car toujours femme jolie
Sait nous corriger.
Pour elle, on nous voit changer,
Changer et nous corriger.
Oui, comptes sur sa tendresse.

JOSEPH *à part.*

Si j' déjeun', c'est un hasard.

GUICHARD.

Occupe-toi de ma nièce.

RAGOULOT *à part.*

Je vais revoir mon lézard !

(*Ensemble.*)

RAGOULOT.	JOSEPH.
Si je puis me corriger,	Boire, dormir et manger
Un mot, je parie,	Fait l' charme de ma vie ;
De cette bouche jolie,	Ma foi, si c'est un' folie,
Me fera changer ;	J' n'en veux pas changer,
Parlez, oui, je veux changer,	De manger
Un mot doit me corriger.	Peut on s' corriger ?

GUICHARD.

Pour te plaire , etc.

SCÈNE VI.

EUGÉNIE seule.

Que ce M. Ragoulot est ridicule ! Et je deviendrais la femme d'un pareil homme ! Oh ! c'est impossible. Cependant que dira mon oncle à qui j'ai presque promis.., oui, mais c'était avant d'avoir revu Ernest. Ernest ! il était à ce bal... à quelques pas de moi..; à sa vue, comme je sentis mon cœur battre avec force. Il paraissait beaucoup s'occuper d'une femme... qu'il aime sans doute , et pas un regard, pas un souvenir pour celle qu'il chérissait autrefois...; tandis que la pauvre Eugénie..! Oh ! les femmes seules ont la mémoire du cœur.

Air : *Au bal j'étais placé près d'elle.*

De nous aimer toute la vie
Nous avions fait le doux serment,

Mais aujourd'hui l'ingrat m'oublie,
Et près d'une autre en jure autant.
Ah! pour punir son inconstance
Et mon erreur,
Je fais des vœux, dans ma vengeance,
Pour son bonheur.

Que lui soit heureux! heureux avec celle qu'il me préfère! Ah! pourquoi l'ai-je revu!.. Ses torts ne m'ordonnent-ils pas de l'oublier? oui, j'en aurai le courage, je veux suivre les conseils de mon oncle. Il m'aime véritablement, lui, il ne voudrait pas me tromper; j'épouserai son ami.., je ferai son bonheur; alors, M. Ernest regrettera peut-être..., mais il sera trop tard... et c'est là la seule vengeance que je tirerai de lui.

SCÈNE VII.

EUGÉNIE, JOSEPH. (*Il revient avec son assiette, son pain et sa bouteille.*)

JOSEPH, *sans voir Eugénie.* — V'là not' maître emballé!... Ah! son ami aime les bêtes.., c'est bon! je lui garderai un chien de ma chatte. Pour cette fois, j'espère que rien ne s'opposera.... (*aperce-Eugénie*) Madame ici! en font-ils un exercice!

EUGÉNIE. — Ah! c'est vous, Joseph.

JOSEPH. — Oui, madame, c'est lui.

EUGÉNIE. — M. Ragoulot n'est point encore parti?

JOSEPH. — Faites excuse, il doit être loin à c'te heure.

EUGÉNIE. — N'importe, courez après lui, j'ai besoin de lui parler à l'instant.

JOSEPH. — Mais, madame...

EUGÉNIE. — Vous m'avez entendu?.. Il me trouvera dans le petit salon rouge.

JOSEPH *à part.* — Ah ça! mais c'est une conspiration contre mon estomac.

Air : *A cheval, à cheval.* (Galopade.)

C'est un' chose vraiment
Désagréable,
Epouvantable,
Il faut assurément
Que l' guignon me garde une dent.
Pour déjeuner avoir
De dindon une cuisse,
D'aut' vin qu' celui d' l'office,
Et perdre tout espoir!
Si d'un trait aussi noir
Le destin est complice,
Je doute que je puisse
Déjeuner avant c' soir.

C'est un' chose vraiment, etc.

(*Il sort par le côté où sont sortis Guichard et Ragoulot.*)

SCÈNE VIII.

ERNEST, FRÉDÉRIC *en costume de bal; Ernest arrive le premier.*

ERNEST *lisant l'inscription qui est sur le poteau.* — Route de Montmorency..., je ne dois pas être loin. Eh! arrive donc, traînard....

FRÉDÉRIC *allant s'asseoir sur le banc de gazon.* — Mon ami, j'ai les pieds en compote, et à moins que tu ne me fournisses les moyens d'aller sur la tête..., je ne fais pas un pas de plus.... Ah! ça, voyons, sommes-nous bientôt chez cet estimable ami qui doit si bien nous traiter ?

Ernest. — Ah! oui, où nous devons nous reposer.

Frédéric. —Comment nous reposer! Ernest, point d'équivoque.. où nous devons déjeuner.

Ernest. — C'est ce que je voulais dire. (*à part, regardant la maison*) Voilà bien la maison qui m'a été désignée.

Frédéric *époussetant ses souliers*. — C'est que, un instant, il ne faut pas confondre ici. Oh! dis donc, Ernest, quel fumet s'exhale de ce côté! je te parie que ce sont des côtelettes à la minute! Heim! comme c'est de circonstance des côtelettes à la minute... quand on est pressé comme nous? Allons, sonnons!

Ernest *l'arrêtant*. — Etre matériel!

Frédéric. — Ah bon! voilà un reproche auquel j'étais loin de m'attendre. Certes, Mme de Vergennes est une femme charmante, et le bal qu'elle nous a donné, et dont nous sortons, était parfaitement ordonné. Mais qu'y ai-je consommé à ce bal? Cinq chétives glaces et dix-sept misérables verres de punch!

Ernest. — Et comptes-tu pour rien l'aspect séduisant de ces jeunes femmes à la parure éblouissante.., dont les attraits réfléchis par mille bougies....

Frédéric. — Sans doute; mais il y a temps pour tout, notre situation actuelle le prouve. Quelle diable d'idée aussi t'a-t-il passé par la tête! Au moment où j'allais valser avec la petite baronne, qui me voit d'un certain œil... je ne dis pas cela parce qu'elle est borgne... tu m'entraînes sous le prétexte nutritif, mais fallacieux, de me faire faire un bon déjeuner à la campagne, chez un de tes amis; un cabriolet se trouve à point à la porte de l'hôtel, tu dis deux mots au cocher, et bientôt nous fendons l'air sur la route de Montmorency, avec la rapidité qu'on peut attendre d'un coursier à un franc vingt-cinq centimes l'heure...

Ernest. — D'abord, c'était un cabriolet de remise.

Frédéric. — De remise, soit... du reste ça ne fait pas son éloge; car à peine avions-nous fait deux lieues que l'essieu casse, le cheval s'abat, et que nous nous estimons heureux de nous retrouver sains et saufs, sans qu'il ait pris fantaisie à nos membres d'imiter l'essieu... Je propose de rebrousser chemin, tu insistes pour continuer, en m'assurant que nous ne sommes qu'à deux pas de Montmorency. J'ai l'insigne faiblesse de te croire, et après trois mortelles heures de marche, nous arrivons enfin ici harassés de fatigue, couverts de poussière... et dans quelle tenue, bon Dieu!... Le bas à maille coulée, l'escarpin de berger, le claque; comme c'est agreste et villageois!

Ernest. — Du moins notre aventure te permet de déployer toute la richesse de ton imagination.

Frédéric. — Qui, mais l'amitié n'en est pas moins expirante!... Comme c'est délirant, après avoir dansé six galops, se voir mettre au trot sur la grand'route : me faire changer ainsi d'allure comme un cheval de Franconi!

Air de Turenne.

Dans mon esprit, j'interroge l'histoire,
Je n'y trouve rien de pareil;
Certes, pourra-t-on jamais croire
Semblable trait sous le soleil?

Oreste, excellent camarade,
Type perdu, je le soutiens ici,
En escarpin, jusqu'à Montmorency,
A jeun, n'eût pas traîné Pylade.

Et si je n'écoutais que les tiraillemens de mon estomac, Pylade exaspéré... (*Il tire un pistolet de sa poche.*)

ERNEST. — Des pistolets ! comment, tu emportes des pistolets au bal ?

FRÉDÉRIC. — C'est indispensable quand on rentre tard.

ERNEST. — Et sont-ils chargés ?

FRÉDÉRIC. — A poudre seulement... Mais il n'est pas question de cela, pensons au solide.

ERNEST, *vivement.* — Frédéric ! (*à part*) voilà l'instant critique, il faut bien lui avouer... (*haut*) Mon cher Frédéric... avant d'aller plus loin, j'ai une confidence à te faire...

FRÉDÉRIC. — Tu me la feras à table, le temps se passe, et les côtelettes s'en ressentiront...

ERNEST. — Mon ami, tu sais combien je t'aime !

FRÉDÉRIC. — Alors, allons déjeuner.

ERNEST. — Mon bon !... mon excellent Frédéric...

FRÉDÉRIC. — Voyons ! où veux-tu en venir ?

ERNEST. — Je t'ai parlé d'un ami, d'un succulent déjeuner.

FRÉDÉRIC, *inquiet.* — Ah ! mon Dieu ! tu m'effraies !

ERNEST. — Eh bien ! l'ami, le déjeuner... tout cela était de mon invention.

FRÉDÉRIC.—Soutiens-moi, je sens que je vais me trouver mal. (*Il le repousse.*) De ton invention, malheureux ! et c'est pour en venir à un pareil aveu que tu me fais faire deux lieues dans une carriole ; car ton cabriolet de remise n'était qu'une infâme carriole ! et trois lieues à pied avec des chaussons de bal ! Mais c'est affreux, c'est un guet-apens, c'est un homicide volontaire !... Mais enfin que viens-tu chercher dans ce damné pays ?...

ERNEST. — Le bonheur, mon cher, le bonheur !

FRÉDÉRIC. — Et moi, misérable, à déjeuner !

ERNEST. — Je t'ai souvent parlé de cette jeune veuve que je rencontrai, il a deux ans, chez Mme de l'Étang...

FRÉDÉRIC (*sans l'écouter*). — Je voyais sur la table une carpe du Rhin à la Chambord.

ERNEST. — Elle avait les plus beaux yeux...

FRÉDÉRIC. — Des oreilles farcies...

ERNEST. — Et des qualités morales !...

FRÉDÉRIC.—Et une sauce aux câpres !...

ERNEST. — Ah ! sans la mort de mon père, qui me força à faire un voyage aux États-Unis, j'aurais volé vers elle !...

FRÉDÉRIC. — Avec des ailerons de canard aux olives !

ERNEST. — Qu'est-ce que tu dis donc là ?

FRÉDÉRIC. — Je parle de notre déjeuner.

ERNEST. — Et moi de celle que j'aime... Si tu savais combien je fus malheureux au retour de mon long voyage ; je la cherchai partout et ne la rencontrai nulle part ; mais juge de ma surprise, de ma joie, quand cette nuit, en entrant dans ce bal, je la revis plus belle que jamais.

FRÉDÉRIC (*d'un air distrait*). — Qui ça ?

ERNEST. — Mme de Renneville, la jeune veuve dont je te parle... Je vais aux informations, et j'apprends qu'après un an d'un hymen mal assorti, son mari est mort : comme c'est heureux !

FRÉDÉRIC. — Pour le mari? bien obligé. Mais je ne vois pas...

ERNEST. — Un voisin obligeant m'apprend qu'elle habite en ce moment, avec un de ses oncles, une maison aux environs de Montmorency, et qu'elle est sur le point de contracter de nouveaux liens... Tu conçois mes craintes, mon dépit. J'allais me présenter à elle, lorsqu'elle disparaît tout à coup; je saisis le premier prétexte pour t'entraîner avec moi, et j'ai le bonheur d'arriver au moment où elle montait en voiture; vingt francs promis au cocher du premier cabriolet qui me tombe sous la main, pour suivre pas à pas le char fortuné qui enlève l'objet de mon amour, et...

FRÉDÉRIC. — Je suis au courant du reste... Mais comment espères-tu découvrir...

ERNEST. — Rien n'est plus facile... une maison blanche avec des volets verts.

FRÉDÉRIC. — Eh! mon Dieu! dans la campagne toutes les maisons sont blanches et ont des volets verts.

ERNEST. — Mon cœur me dit que c'est là.

FRÉDÉRIC. — Et moi mon estomac... croyons-les tous deux, et... (*Il va pour sonner, mais il s'arrête comme frappé d'une idée.*) Oh! délicieux, Ernest! Tu veux revoir ta belle?

ERNEST. — C'est mon unique désir.

FRÉDÉRIC. — Tu veux déjeuner?

ERNEST. — La revoir d'abord.

FRÉDÉRIC. — Moi, c'est le contraire... chacun son goût... Eh bien! abandonnes-toi à ton ami, à ton meilleur ami, en proie à la fringale la mieux constituée.

Air : *Ne raillez pas la garde citoyenne.*

Dans mon projet, j'ai toute confiance,
Rassure toi, j'espère, dans ce jour,
En agissant avec ruse et prudence,
Concilier l'appétit et l'amour.

ERNEST.

Conduit ici par l'ardeur la plus pure,
Y dois-je enfin rencontrer le bonheur?

FRÉDÉRIC.

J'aimerais mieux, mon cher, je te l'assure,
Y rencontrer un bon restaurateur.

Ensemble :

ERNEST.

Pour me donner un peu de confiance,
Raconte-moi ton projet en ce jour,
J'ai peu de foi, mon cher, en ta prudence,
Et je crains fort, hélas! pour mon amour.

FRÉDÉRIC.

Dans mon projet, etc.

SCÈNE IX.

JOSEPH, *sortant du pavillon avec son assiette, son pain et sa bouteille.*

Ah! ah! voilà des gaillards qui arpentent joliment; je suis sûr qu'ils vont déjeuner... Dieu merci, j' vas pouvoir faire comme eux. (*Il arrange ses provisions sur le banc.*) Cette fois j'espère n'être pas dérangé; du reste, chez M. Guichard on n'a pas trop à se plaindre de la nourriture... quand on peut en profiter... il n'est pas près regardant... Vous m' direz, il est riche ; oui , mais pas fier, aussi on l'aime et on le vénère dans le pays.

Air : Simple et naïve bergerette.

Simple et modeste, en sa retraite,
Il est comm' le roi du canton ;
Il a pour sceptre une lancette,
Et pour couronne un chapeau rond ;
A ses talens on rend hommage,
Pour chacun il est plein d'égard ,
Et tout bénit dans ce village
Le beau nom d'Eustache Guichard !

Brave homme , va ! (On entend un coup de pistolet.) Ah ! mon Dieu !...

SCÈNE X.

JOSEPH, FRÉDÉRIC, EUGÉNIE, DOMESTIQUES, puis ERNEST.

FREDERIC, accourant avec effroi.

Final de M. Roger.

Au secours ! au secours !
Sauvez mon ami, je vous prie,
Helas ! un monstre, en sa furie,
A tenté de trancher ses jours.

EUGENIE, qui a entendu les derniers mots.

Que dites-vous?

FREDERIC.

Un duel ; ah ! madame,
J'implore votre appui.., ne me refusez pas.
Si les yeux, comme on dit, sont le miroir de l'ame ,
La vôtre est, selon moi, la plus belle ici bas.

EUGENIE , à Joseph.

Vers le blessé, Joseph, courez de suite,
En ces lieux ramenez le vite.

JOSEPH , serrant ses provisions.

Dieu ! quel guignon ! voilà décidément
Mon déjeuner r'mis indéfiniment.

Ensemble :

FREDERIC.	EUGÉNIE.
Ah ! j'en ai l'assurance,	Puisse mon assistance
Cette douce assistance	Rendre ici l'existence
Va rendre l'existence	Et calmer la souffrance
A mon meilleur ami !	De son meilleur ami !

JOSEPH.

Grâce à sa bienfaisance,
A sa douce assistance,
Moi je perds l'espérance
De manger aujourd'hui.

FREDERIC.

Ah ! comment jamais reconnaître
Tout ce que vous faites ici ?
Mais je l'entends, il va paraître.

ERNEST, appuyé sur Joseph.

C'est elle !

FREDERIC, à part.

Bon ! quel coup de maître !

EUGENIE, *le reconnaissant.*

O ciel ! Ernest ! eh quoi ! c'est lui !

FREDERIC.

Hélas ! la force l'abandonne.
(*A Eugénie.*) O vous, et si belle et si bonne,
Souffrez, pour alléger ses maux,
Que chez vous, je vous en supplie,
Il prenne un heure de repos :
Il y va de sa vie !

EUGENIE, *avec effroi.*

Grand Dieu !

FREDERIC (*à part*).

Je triomphe à la fin.
(*A Eugénie.*) Ici sans vous, la chose est sûre,
Il serait mort de sa blessure !
Et moi... (*à part*) je serais mort de faim.

Ensemble :

FREDERIC.

Ah ! j'en ai l'assurance, etc.

EUGENIE.

Puisse mon assistance, etc.

JOSEPH.

Grâce à sa bienfaisance, etc.

(*On conduit Ernest dans la maison.*)

FREDERIC.

Que de bontés, et quel zèle empressé !

JOSEPH.

Légèrement quoiqu'il n' l'ait que blessé,
Il s'ra puni, la chose est sûre.

RAGOULOT *arrive tout effaré et entend les derniers mots de Joseph, et se
cache derrière le banc de gazon.*

(*A part.*) Ah ! grand Dieu ! l'ai-je bien entendu !
Du lièvre on connaît l'aventure,
Et je suis un homme perdu.

FREDERIC.

Ah ! j'en ai l'espérance, etc.

EUGENIE.

Puisse mon assistance, etc.

JOSEPH.

Grâce à sa bienfaisance, etc.

RAGOULOT.

O fatale imprudence !
Je redoute d'avance
La terrible vengeance
Qui me menace ici.

(*Frédéric, Eugénie et Joseph rentrent dans la maison. Ragoulot, caché,
les regarde partir.*)

ACTE II.

Le théâtre représente un salon bien décoré. Porte de fond, deux portes laté-
rales à droite du spectateur ; sur le devant et en avant de la porte latérale,
un guéridon, sur lequel brûle encore une lampe de nuit. A gauche un fau-
teuil. Au lever du rideau, il fait petit jour.

SCÈNE PREMIÈRE.

EUGÉNIE , *seule. (Elle est en peignoir, sort avec précaution sur la pointe*
des pieds , et va écouter à la porte de droite.)

Pas le moindre bruit !... c'est bon signe... il repose, sans doute...
Et ce Joseph qui n'est pas là ! Je lui avais pourtant recommandé...
Voyez un peu s'il s'était trouvé plus mal... Certes, je n'ai pas d'a-
mour pour M. Ernest ; oh ! non je n'ai pas d'amour !...

Air : *Et les feuilles tombaient toujours.*

Je n'ai pour lui que dédain et courroux ;
Dans cette ame qu'il a froissée,
Il n'est qu'une seule pensée :
C'est là vengeance. Ah ! que ce mot est doux.
Pour son bonheur, j'aurais donné ma vie ,
Mais puisqu'enfin l'ingrat ici l'oublie ;
Ah ! je le sens, je le hais à la mort. (*bis.*)
Et cependant je l'aime encor.

Il me semble qu'on a parlé..; non , tout est tranquille. Mais
voyez si Joseph reviendra. Je ne veux pourtant pas..., car enfin si
l'on me surprenait ici, l'on pourrait supposer..., le monde est si
méchant !

SCÈNE II.

EUGÉNIE, ERNEST. (*Il sort avec précaution de sa chambre.*)

ERNEST. — Tandis que Frédéric dort comme un bienheureux, si
je pouvais... (*l'apercevant*) Eugénie !..

EUGÉNIE. — M. Ernest !

ERNEST.

Air : *d'Aristippe.*

Oui, c'est l'amant fidèle et tendre,
Qui, banni par le sort jaloux ,
Revient et demande à reprendre
Des fers qui lui semblent si doux !
Ayez pour lui de l'indulgence,
Songez qu'un véritable amour
Fait trop souffrir pendant l'absence,
Pour qu'on soit sévère au retour.

EUGÉNIE. — Sortir de si bonne heure, quelle imprudence !

ERNEST. — Les momens sont précieux, Eugénie; vous, si bonne,
si juste, vous ne pourrez me faire un crime de ma longue absence,
quand vous saurez que ces jours passés loin de vous étaient consa-
crés à un père mourant.

EUGÉNIE. — S'il disait vrai!

ERNEST. — A peine m'a-t-il été permis de penser au retour, que j'ai tout quitté pour voler auprès de vous, de vous que je n'ai jamais cessé d'aimer, et que j'aimerai toujours.

EUGÉNIE (*à part*). — Qu'il me serait doux de le croire, mais il me trompe, sans doute. (*haut*) Il fut un temps où, simple et confiante, j'ai pu ajouter foi aux feintes protestations d'un amour qui devait être éternel, mais aujourd'hui...

ERNEST. — Aujourd'hui, vous me croirez encore; l'intérêt que vous m'avez témoigné hier...

EUGÉNIE. — Cet intérêt était dû à votre situation.

ERNEST. — Ainsi ce n'était que de la pitié, de la pitié pour moi!. Oh ! je suis bien à plaindre !

EUGÉNIE. — Monsieur, calmez-vous, des émotions trop vives pourraient aggraver votre état.

ERNEST. — Eh! que m'importe, si vous ne voulez pas me croire!

EUGÉNIE. — Je ne le puis.., je ne le dois pas.

ERNEST. — Ah! oui, je sais que votre oncle veut vous contraindre à épouser un de ses amis.

EUGÉNIE. — Me contraindre! J'ai promis de me rendre aux désirs de celui que je regarde comme un second père.

ERNEST. — Mais vous refuserez, n'est-il pas vrai.., vous ne voudriez pas me réduire au désespoir.

EUGÉNIE. — Il est trop tard, monsieur.

ERNEST. — Trop tard! Ce mariage ne s'accomplira pas.

EUGÉNIE. — Et de quel droit prétendez-vous...

ERNEST. — Du droit que me donne mon amour. (*Il se jette à ses pieds.*)Eugénie, c'est à vos pieds que je vous conjure de m'entendre, il y va de ma vie et de notre bonheur.

SCÈNE III.

LES PRÉCÉDENS, FREDERIC.

FRÉDÉRIC. — Bravo! pour un manchot, il n'est pas mal à genoux.

EUGÉNIE. — Ah! monsieur!

FRÉDÉRIC, *bas à Ernest.* — Il paraît que tes affaires sont en bon train.

ERNEST. — Je suis le plus malheureux des hommes, elle refuse de m'entendre.

FRÉDÉRIC *à Eugénie.* — Eh quoi! madame, vous si belle et si bonne! oh! c'est impossible.

EUGÉNIE. — Souffrez que je me retire...

FRÉDÉRIC. — Pour livrer mon ami au désespoir? Ne l'espérez point... Vous ne voudriez pas être la cause d'un grand malheur.

EUGÉNIE. — Je ne vous comprends pas.

FRÉDÉRIC. — Vous le savez, madame, un ami médecin, c'est presque un confesseur; et je vous l'avouerai, le pauvre Ernest a déposé dans mon sein ses tourmens et ses espérances.

EUGÉNIE. — Quoi! vous sauriez...

ERNEST. — Croyez, madame... (*bas à Frédéric*) Mais tu veux donc me perdre?

FRÉDÉRIC. — Du calme, jeune homme, du calme! (*à Eugénie*) Oui, madame, il vous aime comme un insensé.., et cette blessure qui lui fait souffrir le martyre.. (*bas à Ernest*) Aie donc l'air de souffrir.

EUGÉNIE. — Achevez, monsieur!

Frédéric. — C'est pour vous qu'il l'a reçue.

Eugénie. — Que dites-vous?

Ernest, *vivement*. — Ne le croyez pas, madame.

Frédéric. — Ernest, encore une fois du calme, ou j'appelle Joseph pour lui demander une cuillerée de potion. (*à Eugénie*) C'est un accès qui lui prend.

Ernest. — Mais je ne suis pas malade!

Frédéric, *bas à Ernest*. — Imprudent! vois donc comme elle est émue! (*haut*) Si on l'en croyait, il ne serait pas malade; par bonheur, il a un bon médecin pour lui prouver le contraire.. Avec une pareille figure soutenir qu'on n'est pas malade! (*A Eugénie.*) Et vous auriez le courage de le fuir, de refuser de le croire!

Eugénie. — Mais expliquez-vous, de grâce!

Ernest *à part*. — Le malheureux! que va-t-il dire?

Frédéric. — Eh bien, oui! vous saurez tout!., tout ce que la modestie de mon ami lui avait fait un devoir de vous taire. (*A part.*) Je veux être écorché vif, si je sais ce que je vais lui dire.

Ernest (*à part*). — Il me fait frémir. (*A Eugénie.*) N'allez pas croire...

Frédéric *prenant la main d'Ernest*. — Brave jeune homme! je suis fier d'être ton ami, va!

Eugénie. — Mais ce duel...

Frédéric. — Hier, dans la forêt, une rencontre fortuite... un rival; tenez, ce rival protégé par votre oncle.

Eugénie — Quoi, M. Ragoulot!

Ernest. — Mais je vous jure, madame...

Eugénie. — Et c'est moi qui suis la cause... Oh! non, je ne me le pardonnerai jamais. (*A part.*) Pauvre jeune homme!

Frédéric. — Hein! comme c'est trouvé; ça va te rendre encore plus intéressant.

Ernest. — Mais tôt ou tard elle apprendra...

Eugénie. — Il s'est exposé pour moi..; mais qui aurait jamais pu penser que ce M. Ragoulot fût une mauvaise tête... Je me souviens à présent de ses paroles d'hier. Ernest, pourquoi vous battre ainsi, c'est mal!

Ernest, *embarrassé*. — Madame...

Frédéric *à Ernest*. — Vois comme on s'est radouci, on te donne le nom de baptème. Ce que c'est que d'être blessé pour la beauté! Quel dommage que tu ne sois pas mort, on te tutoyait. (*On entend Ragoulot appeler Joseph.*)

Eugénie. — Grand Dieu! c'est lui, rentrez, rentrez vite!

Frédéric. — Qui lui!

Eugénie. — Il ne faut pas qu'il vous trouve ici.

Ernest. — Eugénie, j'avais tant de choses à vous dire...

Eugénie. — Monsieur, ménagez-vous.., ne faites pas d'imprudence.

Frédéric. — L'amitié et la faculté veillent sur lui. (*Frédéric entraîne Ernest dans la chambre de droite.*)

SCÈNE IV.

EUGÉNIE, RAGOULOT.

Eugénie. — Sa vue me fait horreur.

Ragoulot, *sans voir Eugénie*. — C'est bien le cabriolet de l'ami Guichard qui vient d'entrer dans l'avenue. (*appelant*) Joseph!

(*Apercevant Eugénie*) Ah! pardon, belle dame, si je me présente dans ce négligé, mais j'ai pensé qu'à la campagne et au point où nous en sommes.

Eugénie *sèchement*. — Le point où nous en sommes restera, je l'espère, où il en est.

Ragoulot. — En vérité, belle dame, si j'osais, je vous dirais que votre conduite me passe, me trépasse même.

Eugénie. — Et la vôtre, monsieur, comment la trouvez-vous?

Ragoulot. — La mienne, du moins, ne fait de mal à personne.

Eugénie. — De mal à personne!.. et c'est à moi...

Ragoulot. — Mais enfin, madame, en quoi ai-je pu vous blesser?

Eugénie, *en colère*. — Mais ce n'est pas moi, monsieur, que vous avez blessé, vous le savez fort bien.

Ragoulot.— Alors! (*A part.*) Est-ce qu'elle saurait l'histoire du lièvre ?

Eugénie. — Votre silence vous accuse assez...

Ragoulot. — Mon silence!.. Eh bien! je vais le rompre mon silence, le briser comme un faible roseau... Oui, madame, j'en conviens, ma conduite a été imprudente.

Eugénie. — Imprudente!..

Ragoulot. — Hardie, audacieuse : mais quand la passion vous emporte.

Eugénie. — Audacieuse; dites cruelle.

Ragoulot. — Cruelle !.. Tous les jours on voit cependant..; c'est vrai, je l'ai blessé.

Eugénie. — Et vous osez avouer...

Ragoulot.—Je sais que c'est d'une maladresse extrême; j'aurais dû mieux faire.

Eugénie. — Mieux faire! (*A part.*) Quelle infamie!

Ragoulot. — Il devait rester sur le coup! je l'avais visé à l'épaule; (*à part*) mais ces maudits lièvres, ça vous a des pattes!

Eugénie. — Ainsi vous vous repentez de ne l'avoir pas tué. C'est affreux! Ah! lorsque mon oncle apprendra...

Ragoulot.—Oh! de grâce, madame, ne le lui dites pas.., d'après les recommandations qu'il me faisait avant son départ, il serait furieux contre moi.

Eugénie. — Il savait donc?... Oh! je veux qu'aussitôt son retour il soit instruit de tout.

Ragoulot. — Comme il vous plaira; au fait, l'ami Guichard en a fait bien d'autres dans son temps, et il n'a pas été pendu pour cela.

Eugénie. — Oh! tant d'insensibilité me révolte à un point..: Tenez, monsieur, vous êtes indigne! je vous déteste!

SCÈNE V.

Les Précédens, GUICHARD.

Guichard. — Eh bien! on se dispute... déjà! Attendez donc que vous soyez mariés.

Eugénie. — Mariés! jamais! La conduite de monsieur est affreuse!

Ragoulot, *à Guichard*. — Un enfantillage! je te conterai cela. Je l'ai échappé belle, va!

GUICHARD. — Calme-toi, ma nièce. Mais je vais vous demander la permission de passer dans mon appartement !

EUGÉNIE, *lui prenant le bras.* — Mon oncle, je ne vous quitte pas !..

RAGOULOT. — Je m'accroche à ton habit !

GUICHARD. — Ah ça ! voulez-vous bien me laisser !

EUGÉNIE, *à Ragoulot.* — Vous m'accorderez au moins, monsieur, un moment d'entretien avec mon oncle... Autrement, ce serait une inquisition...

GUICHARD. — Au fait, elle a raison, chacun son tour ; c'est donc bien grave ce qui est arrivé ?

EUGÉNIE. — Ah ! mon oncle ! c'est horrible !

GUICHARD. — Tu m'effraies !..

Air : de Doche.

Dans un instant, je reviens pour t'entendre,
J'espère bien vous mettre à la raison ;
Demeure donc en ces lieux pour m'attendre,
Et je rendrai la paix à la maison.
De mon espoir faut-il que je me sèvre ?

EUGÉNIE.

Je ne peux plus former cette union.

RAGOULOT (à part.)

En m'échappant, hélas ! ce maudit lièvre
Aura commis quelque indiscrétion.

Ensemble.

GUICHARD.

Dans un instant, etc.

EUGÉNIE.

Oui, mon cher oncle, au moins daignez m'entendre,
Et vous verrez alors si j'ai raison
De refuser à vos vœux de me rendre :
Monsieur, je crois, mérite une leçon.

RAGOULOT.

Certainement ici je vais t'attendre,
Et tu verras, mon cher, si j'ai raison :
Je suis certain que tu sauras me rendre
Prompte justice et de bonne façon.

(Guichard et Eugénie sortent.)

SCÈNE VI.

RAGOULOT, seul.

Une inquisition, a-t-elle dit ! S'il y a de l'inquisition dans cette affaire, c'est le brâsier que tu as allumé dans mon cœur, femme trop aimée... Oh ! quand j'aurai expliqué à l'ami Guichard... je sais que je suis dans mon tort... Je n'ai ni port d'armes, ni permis de chasse... et dans ce canton, les mesures sont d'une rigueur !.. les gardes sont aussi féroces que le dernier des Mohicans.

Air : Amis, voici la riante semaine.

Voyez pourtant, si le garde champêtre
Eût découvert la contravention,
Il me fallait ici l'envoyer paître,
Ou bien subir la confiscation ;

D'un bon permis je vais faire l'emplette,
Dorénavant je marche avec la loi,
Et si je chasse un jour la grosse bête,
Je n' craindrai pas qu'on puiss' tomber sur moi.

SCÈNE VII.

RAGOULOT, FRÉDÉRIC, *un peu gris.*

Frédéric, *sortant de la chambre de droite.* — Ah! j'ai la cervelle fêlée!.. je suis un fou!..

Ragoulot. — On a parlé de fou! Quel est cet étranger? Ah! mon Dieu! comme ses yeux brillent!.. Si c'était le jeune aliéné que Guichard attendait.

Frédéric, *à part.* — Ce petit vin d'Aï... m'a un peu... Il me semble que je vois un nombre infini de papillons qui voltigent autour de moi.

Ragoulot. — Il voit des papillons. C'est mon homme!.. (*Allant pour sortir.*) Si je pouvais!..

Frédéric, *apercevant Ragoulot.* — Oh! oh! quel est ce petit vieux? Robe de chambre à ramage! perruque à l'oiseau royal! tête d'oncle. (*Haut et s'avançant vers Ragoulot.*) Vénérable patriarche!

Ragoulot. — Ne m'approchez pas! (*A part.*) Il m'appelle patriarche! C'est la lecture de la Bible qui lui aura tourné la tête.

Frédéric. — Vous ne répondez pas, homme des anciens jours? (*A part.*) C'est égal, j'ai bien déjeuné, et Ernest, pour un blessé et un amoureux, n'a pas mal officié non plus. (*Haut.*) Vous êtes de la maison?

Ragoulot. — Mais... (*A part.*) Ses yeux sont à faire frémir.

Frédéric. — Chut! j'ai deviné...

Ragoulot, *à part.* — Quelle imprudence de laisser ça en liberté!

Frédéric. — Eh bien! vrai, je vous estime... Nous serons ici très bien... une nièce charmante... un vin pétillant... un oncle... bon enfant... et un déjeuner...

Cent esclaves ornaient ce superbe festin,
Et dans des vases d'or faisaient couler le vin.

Ragoulot. — Chante, va; c'est l'Opéra qui lui aura tourné la tête! (*Haut.*) Je vous avouerai, jeune homme...

Frédéric. — A quoi bon m'avouer! puisque je sais tout, octogénaire aimable!

Ragoulot. — Octogénaire! moi qui suis à la fleur de l'âge.

Frédéric. — Oui, je sais tout, et je vous le dis ici le cœur broyé, vous outrepassez les pouvoirs que vous avez reçus de la nature.

Ragoulot, *à part.* — Il devient très amusant!

Frédéric. — La nature! cette mère si indulgente, cette mère si... cette mère enfin!..

Ragoulot, *à part.* — Allons, le voilà qui se jette dans la mer; il n'en sortira pas...

Frédéric. — Et pourquoi la contraindre, cette adorable nièce, la contraindre à épouser un vieil imbécile qu'elle déteste, et qui ne peut manquer d'être un jour... malheureux avec elle... Cet hymen ne s'accomplira pas! il est scandaleux, odieux, monstrueux... il n'a pas le sens commun!..

Ragoulot, *à part.* — C'est l'amour qui lui aura tourné la tête.

Frédéric. — Vous la donnerez à mon ami!.. Ah! dites à Oreste que vous la donnerez à Pylade. (*Il le serre dans ses bras.*)

RAGOULOT. — Un instant, jeune homme, vous m'étouffez ! (*A part.*) Il est très dangereux ce fou-là ; décidément, je crois plutôt que c'est l'histoire ancienne qui lui aura tourné ta tête.

FRÉDÉRIC. — Mortel généreux, crois à sa reconnaissance et à la mienne, et un jour tes petits-neveux nombreux et respectueux... Tiens, à propos, j'oubliais le café ! O sainte amitié ! je te reconnais bien là ! Mais, excuse-moi, vieillard, une affaire majeure me réclame ; j'espère que j'ai bien avancé les siennes... Au revoir, notre oncle, notre cher oncle !

> Et voilà la vie,
> La vie
> Suivie. (*Il sort.*)

SCÈNE VIII.

RAGOULOT ET GUICHARD.

RAGOULOT, *regardant Frédéric sortir.* — En a-t-il un coup de marteau, celui-là !

GUICHARD, *se croyant seul.* — En vérité, j'ai peine à revenir de ma surprise, et si ma nièce ne me l'avait affirmé...

RAGOULOT, *riant.* — Ah ! c'est toi, Guichard ? Eh bien ! elle t'a tout dit ?

GUICHARD, *froidement.* — Tout !.. Et j'avoue qu'hier, en vous quittant, j'étais loin de penser (*à part*). Avec cet air bonasse, qui croirait cependant que c'est un spadassin, un ferailleur ?..

RAGOULOT. — Enfin, ce qui est fait est fait... Mais ta nièce a pris trop au sérieux... car, dans tout cela, il n'y a pas de quoi étrangler une puce... (*A part.*) Maudit lièvre !

GUICHARD. — Ma nièce a raison ; vous le savez, sur ce chapitre-là, je ne plaisante pas plus qu'elle !..

RAGOULOT, *à part.* — Détournons la conversation. (*Haut.*) Dis donc, mon ami, le jeune malade est là !

GUICHARD. — Je le sais... et vous avez l'affreux courage d'approprocher de cette chambre !

RAGOULOT. — Ah ! mon Dieu ! est-ce qu'il y aurait du danger ! (*A part.*) Il a raison, un fou ! (*Haut.*) Sais-tu que je ne le crois pas bien ?

GUICHARD. — Et il me dit ça avec un sang-froid !..

RAGOULOT. — Tout à l'heure il m'a fait vraiment pitié !

GUICHARD. — Il est bien temps.

RAGOULOT. — Hein !...

GUICHARD. — Je dis : Il est bien temps quand le mal est fait.

RAGOULOT. — Ecoute donc ! quand je verserais toutes les larmes qu'un œil d'homme sensible puisse contenir, il n'en serait ni plus ni moins... Je le sais, c'est triste à son âge !

GUICHARD. — Ragoulot, taisez-vous, votre sang-froid me révolte ! Je ne vous croyais que... que simple... mais je vois que vous êtes méchant !

RAGOULOT. — Méchant ! moi ? Guichard, ah ! tu méconnais ton ami...

SCÈNE IX.

LES MÊMES, JOSEPH, *entrant avec un panier.*

JOSEPH, *à part, regardant Ragoulot.* — Le voilà encore cet être sanguinaire, l'effroi de ses semblables... Quelle figure atroce !..

Guichard. — Eh bien ! Joseph, et le malade ?

Joseph. — Il doit avoir une fièvre de cheval, car il est rouge comme un coq et se démène, qu'on a toutes les peines du monde à le calmer. (*A part.*) Quant à l'autre, y ronfle, que c'est comme le tonnerre un jour d'orage.

Guichard. — Aurait-il le transport ?

Ragoulot. — Sa situation peut empirer... et si j'ai un conseil à te donner, c'est de t'en débarrasser promptement.

Joseph. — Et c'est vous, M. Ragoulot, qui !..

Guichard. — S'il doit mourir, il mourra ici.

Ragoulot. — Ah ça ! mais tu veux donc me faire déserter ta maison ?

Guichard. — Vous devriez en être bien loin à cette heure ; si je vous disais que tout le monde est instruit de ce qu'il vient d'arriver, et que peut-être même des poursuites sont déjà dirigées contre vous...

Ragoulot. — En vérité ?

Guichard. — Vous perdez un temps précieux, vous dis-je !

Joseph. — Je crois même avoir vu rôder des figures...

Ragoulot. — Guichard, je suivrai tes conseils... Ce n'est pas que j'aie peur, au moins... Mais la prudence, cependant... Je pensais qu'un ami, qu'un ancien ami... saurait me mettre à l'abri des violences d'une soldatesque effrénée.

Air : *de Robin des bois.*

Ah ! j'étais loin de prévoir cette offense,
C'est un ami qui se conduit ainsi :
Au lieu de prendre aujourd'hui ma défense,
Il me contraint à sortir de chez lui.

GUICHARD.

D'être prudent, impose-toi la règle,
En demeurant, tu t'exposes beaucoup.

RAGOULOT.

Aussi je pars, plus rapide que l'aigle
Pour retenir à l'instant un coucou.

Ensemble.

GUICHARD.

Je puis, je crois, me fâcher, je le pense,
Quand je te vois vouloir rester ici :
Je crois devoir blâmer ton imprudence,
En t'exposant, tu m'exposes aussi.

JOSEPH à RAGOULOT.

Oui, c'est bien vrai, c'est un' fière imprudence
Que de vouloir rester ici.
Vil assassin, j'en conçois l'espérance.
Tu vas filer, et tes bêtes aussi.

RAGOULOT.

Ah ! j'étais loin, etc.

(*Il sort.*)

SCÈNE X.

GUICHARD, JOSEPH.

Joseph, *à part.* — Enfin, nous en voilà débarrassés !

(*Il va pour sortir.*)

Guichard. — Reste. (*A part.*) La conduite de ce Ragoulot renverse de fond en comble tous les systèmes de phrénologie et de physiologie. (*A part.*) Tu dis donc que le malade ?..

JOSEPH.—Va beaucoup mieux; je nétais pas fâché, devant M. Ragoulot, d'en mettre plus qu'il n'y en avait; il paraît que c' que l' médecin, son ami, lui a fait prendre, l'a joliment soulagé.

GUICHARD. — Ah! son ami est médecin! voilà une circonstance qui diminue les regrets que j'avais de ne m'être pas trouvé là lors de l'arrivée du blessé. Et quel traitement le docteur a-t-il fait prendre au malade ?

JOSEPH. — Un fameux, allez! D'abord il m'a demandé s'il y avait ici du vieux Bourgogne; je lui ai apporté de votre Chambertin, que vous aimez tant !

GUICHARD.—Du Chambertin! Et pourquoi faire ?

JOSEPH. — Pour imbiber les compresses, a-t-il dit. Ah! il faut qu' la plaie ait été bien grande, car toute la bouteille y a passé.

GUICHARD. — Comment! comment !

JOSEPH. — Après ça, comme le jeune homme avait besoin de reprendre des forces, l' docteur a voulu du Bordeaux; j' lui ai proposé d' vot' Médoc, dont vous n'osez pas boire, tant il est bon.

GUICHARD. — Tu as donné de mon Médoc ?

JOSEPH. — En personne... c'est-à-dire en bouteille naturelle... Il m'a fait ajouter à cela un poulet, du jambon, de la crème et des biscuits... enfin, tout ce qui est nécessaire dans une si triste occasion.

GUICHARD. — Et c'est le médecin qui t'a demandé...

JOSEPH.—Sans doute, et je puis vous jurer qu'il n'y avait rien de trop. . Et à preuve, après le pansement tout avait disparu. (*Il découvre le panier.*) Pauvre jeune homme! fallait-il qu'il fût faible !

GUICHARD, *à part.* — Il n'est pas concevable... (*Haut.*) C'est bien, laisse-moi, va retrouver nos jeunes gens... Surtout ne dis pas au docteur que je me suis informé du régime qu'il a prescrit à son malade.

JOSEPH. — Suffit...

GUICHARD.

Air : *Vaudeville du pont des Arts.*

Tu m'as compris, je le pense,
Laisse-moi seul en ces lieux,
Garde surtout le silence
Devant ce docteur fameux.

JOSEPH.

Si la fièvre ou l' mal de tête
Exerc' sur moi sa rigueur,
J' demand' si quelqu'un me traite,
Que c' docteur soit mon traiteur.

Ensemble :

GUICHARD.

Tu m'as compris, etc.

JOSEPH.

Je vous promets le silence
Sur c' que nous v'nons d' dir' tous deux;
Mais j' goute fort la science
De ce médecin fameux.

(*Joseph sort.*)

SCÈNE XI.

GUICHARD, *seul.*

Que signifie une pareille plaisanterie! Serait-ce une ruse d'amoureux pour s'introduire auprès de ma nièce, et Eugénie serait-elle du complot? Je ne puis le croire; cependant l'intérêt qu'elle paraissait prendre au blessé... Oh! non; elle aurait eu plus de confiance en moi. Elle n'aurait jamais consenti à tromper un vieil oncle qui l'aime et la chérit, et encore bien moins à le rendre le jouet de deux étourdis... Mais alors, pourquoi diable Ragoulot semblait-il altéré, confondu... je m'y perds... Précisément voici nos jeunes gens... voyons-les venir.

SCÈNE XII.

GUICHARD, ERNEST *soutenu par* FRÉDÉRIC et JOSEPH.

Frederic (*bas à Ernest*). — Si tu veux parler à ta belle, il n'est que ce seul moyen. Silence! (*Haut.*) Doucement, mon ami, doucement, place-toi dans ce fauteuil là.

Joseph (*à part*). — Pour un jeune homme qui a si bien déjeuné, c'est étonnant comme il est faible... J'en ai la courbature à mon bras gauche... (*Aux jeunes gens.*) Voici l'oncle de madame. (*A part*) J'vas à présent retenir un coucou pour not' férailleur.

SCÈNE XIII.

Les mêmes, *excepté* JOSEPH.

Frederic (*à Guichard*). — Ah! monsieur, est... (*à part*) Tiens, ce n'est pas le même petit vieux que tantôt; n'importe, il a une aussi bonne tête que l'autre. (*Haut.*) Permettez-nous, monsieur, de vous adresser des actions de grace pour la généreuse hospitalité que votre charmante nièce a bien voulu nous offrir.

Guichard. — Ma nièce est ici chez elle, messieurs, et n'a fait que remplir un devoir. (*A part, regardant Ernest.*) J'ai vu cette figure de blessé quelque part. (*Haut.*) Je viens d'apprendre à l'instant la nouvelle de votre duel et son triste résultat.

Ernest. — Oui... un duel!

Guichard. — Il faut espérer que les bons soins et les lumières de monsieur vous rendront bientôt à la santé.

Frederic (*à part.*) — Mes lumières! oncle aveugle, va! Allons, il n'est pas fort, on peut se lancer...

Guichard. — La blessure est donc bien grave?

FREDERIC.

Air *des Scythes.*

Ah! c'est vraiment une fracture affreuse,
Et j'ai raison de m'en inquiéter.

GUICHARD.

Vous la croyez...

FREDERIC.

Je la crois dangereuse.

Mais parlons bas, il pourrait m'écouter:
A tous mes soins elle a su résister.

GUICAARD.

Vous craindriez...

FREDERIC.

Ah ! s'il faut qu'il succombe,
Pour accomplir mon devoir envers lui,
Je veux qu'on puisse écrire sur sa tombe : }
C'est son ami qui l'a conduit ici!.. } *bis.*

GUICHARD (*à part*). Il a un aplomb !... (*Haut.*) Vous dites que c'est le...

FREDERIC. — Le... le fémur... la balle lui a traversé le bras au dessous de... la tubérosité, en terme de... Par bonheur, elle a rencontré le... tendon d'Achille, ce qui l'a fait ressortir par le métacarpe.

ERNEST (*bas à Frédéric*). — Où diable vas-tu chercher cela?

FREDERIC (*bas*). — Je l'étourdis ! (*Haut.*) De sorte que vous comprenez parfaitement que la clavicule droite eût été lésée infailliblement s'il n'avait eu... un gant à la main gauche.

ERNEST (*à part.*) — Ma parole, je crois qu'il devient fou !

GUICHARD. — Diable ! vous m'avez fait frémir.

FREDERIC. — Ces termes techniques de médecine ont quelque chose... d'effrayant quand on n'en a pas l'habitude.

GUICHARD. — Oui, oui, oui; mais quand on l'a!...

FREDERIC. — Hein !...

GUICHARD. — Sans doute. (*A part.*) Amusons-nous à notre tour. (*Tendant la main à Frédéric.*) Donnez-moi la main, mon cher confrère.

ERNEST. — Oh! qu'as-tu fait?

FREDERIC. — Ah! vous êtes...

GUICHARD. — Médecin et chirurgien... ancien professeur de clinique, et ce sera bien le diable si à nous deux nous ne parvenons pas à sauver le malade...

FREDERIC (*embarrassé*). — Oui, au fait, à nous deux. (*A part.*) Si je pouvais me sauver d'abord. (*A Ernest.*) Tu sais, Ernest, nous partons aujourd'hui.

ERNEST (*bas*). — Y penses-tu? sans revoir Eugénie, sans connaître mon sort.

GUICHARD. — Je ne le souffrirai pas...Vous êtes chez moi, et vous y resterez jusqu'à votre entière guérison. (*A Frédéric.*) S'il guérit.

FREDERIC. — Il guérira; il me semble déjà qu'il va mieux. (*Bas à Ernest.*) Où diable nous sommes-nous fourrés?

GUICHARD. — Et si la clientèle de monsieur, qui doit être nombreuse, à en juger par son mérite, le rappelle à Paris, eh bien ! j'achèverai moi-même ce qu'il a si bien commencé.

FREDERIC (*bas à Ernest*). — Comme c'est médecin, il t'achèvera.

GUICHARD (*à Frédéric*). — Vous me paraissez avoir fait une étude bien profonde de notre art.

FREDERIC. — Oh! profonde... ce n'est pas précisément le mot... possesseur d'une fortune assez considérable...

GUICHARD. — Ah !...

FREDERIC. — Un vieil oncle... J'ai presque toujours exercé en amateur, et il serait possible que tout à l'heure il me fût échappé quelques expressions...

Air : de Voltaire chez Ninon.

J'ai pu me tromper, je le pense,
Dans cette dissertation.

GUICHARD.

Je n'ai vu que votre science,
Digne en tout d'admiration.

FREDERIC.

Monsieur, vous êtes par trop bon.
(à part)   Oui, je devais, la chose est claire,
Etre à ses yeux un étourdi.

GUICHARD.

J'ai vu, je vous l'avoue ici,
De suite à qui j'avais affaire.

FREDERIC. — C'est trop d'indulgence.

GUICHARD. — Ah ! ça, mon cher confrère, puis-je savoir à quelle doctrine vous appartenez ; je ne doute pas du discernement que vous aurez mis à prendre ce qui vous aura paru démontré comme certain dans tel système, et à rejeter ce que vous aurez reconnu comme erroné dans tel autre...

FREDERIC. — C'est positivement la règle de conduite que je me suis tracée... J'ai réduit, pour ainsi dire, notre art à sa plus simple expression... à rien même.

GUICHARD. — A rien... je l'avais deviné de suite. Êtes-vous pour Broussais ou pour Magendie ?

FREDERIC. — Pour Broussais ou pour Magendie....

ERNEST (à part). — Comment va-t-il se tirer de là ?

FREDERIC (avec mystère). — Si je vous disais que je ne suis ni pour l'un ni pour l'autre...

GUICHARD. — Mais alors...

FREDERIC. — Cela cessera de vous étonner quand vous saurez que je suis...

GUICHARD. — Que vous êtes !...

FREDERIC. — Homœopathe !

GUICHARD et ERNEST. — Homœopathe !

FREDERIC. — Homœopathe ! (A part.) Voilà enfin qui lui ferme la bouche.

GUICHARD. — Parbleu ! vous m'enchantez ; depuis que l'on parle d'homœopathie, j'ai toujours désiré me trouver avec quelqu'un qui professât cette doctrine, afin de le prier de me l'expliquer...

FREDERIC (à part). — Allons, je ne l'échapperai pas ! (Haut.) C'est la moindre des choses... L'homœopathie, proprement dite, ou la médecine homœopathique... ce qui me semble absolument la même chose, consiste...

GUICHARD. — Sans doute, dans l'application de ce principe : Simi-lia, similibus !

FREDERIC. — Précisément, similia.. si.. si..

ERNEST bas à Frédéric. — Similibus.

FREDERIC. — Similibus !

GUICHARD. — Les semblables par les semblables.

FREDERIC. — C'est particulier, c'est mot pour mot la définition que j'allais vous donner ; exemple, un homme du cap de la Nigritie, ou de toute autre contrée méridionale, a les deux bras gelés... Eh bien ! qu'il se frotte lui même avec de la neige... et..

GUICHARD. — Lui-même ?

FREDERIC. — Avec de la neige.

GUICHARD. — Il se frottera donc avec les pieds, car s'il a ses deux bras...

FREDERIC. — Pourvu qu'il guérisse... Autre exemple : un enfant de Mars a une jambe cassée par un éclat d'obus...

GUICHARD. — On lui casse l'autre.., c'est convenu.

FREDERIC. — Oui, on lui... (*se reprenant*) c'est-à-dire, avec des protections, on le fait entrer aux Invalides.

GUICHARD.—C'est très rationnel. (*Il rit.*)

ERNEST *bas*. — Tu ne vois pas qu'il se moque de toi.

FREDERIC *riant*. — Et moi !..

SCÈNE XIV.

LES MÊMES, EUGÉNIE.

EUGÉNIE. — Pardon, messieurs, je vous dérange peut-être ?

FREDERIC.—Nous déranger... (*A part.*) Elle n'a jamais pu venir plus à propos. (*Haut.*) Une jolie femme...

ERNEST *bas à Eugénie*. — Eugénie! prononcez sur mon sort.

GUICHARD. — Eh! mais, je ne me trompe pas, voyez comme notre malade pâlit, il est plus mal.

EUGÉNIE. — Oh! mon Dieu!

GUICHARD. — Permettez ! (*Lui tâtant le pouls.*) Il y a engorgement dans les voies sanguines.

FREDERIC. — Vous croyez! (*A part.*) Est-ce qu'il se permettrait d'être malade pour tout de bon.

GUICHARD. — Et vous le savez, docteur, il n'est qu'un seul moyen.

FREDERIC. — Comme vous dites, il n'en est qu'un. (*A part.*) J'aime mieux ça, on ne peut pas se tromper.

GUICHARD. — Une bonne saignée!

FREDERIC. — Mais... (*A part.*) Il serait joli garçon. (*Haut.*) Permettez.

GUICHARD. — Vous voulez le saigner vous-même? comme il vous plaira.

FREDERIC *à part*. — Il ne manquerait plus que ça.

GUICHARD. — Eh bien! rapportez-vous en à moi. (*Appelant.*) Joseph! le bassin, du linge !

EUGÉNIE. — Laissez faire mon oncle.

GUICHARD. — Voyez s'il viendra.. Allons, j'aurai plus tôt fait d'aller chercher cela moi-même. (*Il sort.*)

FREDERIC. — Madame, si on le saigne, il est mort : il sort de déjeuner.

EUGÉNIE. — Grand Dieu !

ERNEST. — Et que m'importe, si elle ne m'aime pas.

FREDERIC. — Songez qu'il y va de sa vie.

GUICHARD. — Voilà! voilà? (*A part.*) Voyons jusqu'où ils pousseront la plaisanterie. (*A Ernest.*) Êtes-vous prêt?

FREDERIC *à Eugénie*. — Un peu de charité...

ERNEST, *après avoir regardé Eugénie qui se tait.* — Je vous suis...

EUGÉNIE *se jette entre lui et son oncle.* — Arrêtez!..

Guichard. — Comment !

Ernest *à Eugénie*. — Vous m'aimez donc ?

Frederic. — Apprenez, docteur...

Guichard. — Que j'apprenne.. (*à Ernest*) que vous aimez madame ; que votre duel n'était qu'une feinte pour vous introduire auprès d'elle ; que votre savant ami a fait ses cours de médecine au foyer de l'Opéra, et qu'enfin ma chère nièce m'a traité comme un oncle de comédie.. Est-ce là, monsieur, ce que vous voulez m'apprendre ?

Eugenie. — Mon oncle, je vous jure que j'ignorais...

Frederic *avec emphase*. — Digne émule d'Esculape, il n'y a ici qu'un coupable, et ce coupable est devant vous.

Guichard. — J'aurais dû m'en douter ; je vous revauderai cela à votre première maladie. (*A Eugénie.*) Et monsieur est sans doute cet Ernest que vous détestiez, et dont vous me parliez encore hier ?

Ernest. — Eh quoi ! vous aviez la bonté...

Guichard. — Oui, elle avait cette bonté-là. Avouez que j'aurais bien droit de me fâcher ; mais j'aime mieux rire ; c'est un rémède dont je me suis toujours bien trouvé ; ce que je ne puis m'expliquer, ce sont les terreurs de Ragoulot ; son duel ! Avec qui diable a-t-il pu se battre ?

SCÈNE XV.

Les mêmes, RAGOULOT.

Ragoulot, *à part.*—Si je pouvais, sans être vu.... (*Il cherche à entrer dans la chambre à droite.*)

Guichard. — Précisément, le voici. (*Allant à lui.*) Parbleu ! Ragoulot, je suis bien aise de te voir.... Tu vas sur-le-champ m'expliquer....

Frédéric. — Tiens ! c'est le petit vieux numéro *un*.

Ragoulot, *à Guichard.* — Il est dans un bon moment, à ce qu'il paraît. Dis donc, Guichard, crois-tu qu'ils aient cessé de me poursuivre ?

Guichard. —Qui ça ?

Ragoulot. — Les gendarmes !

Guichard.—Eh ! que diable viens-tu nous chanter là ? Il est aussi bien portant que toi et moi.

Ragoulot. — Il est fort, celui-là... je l'ai vu tomber....

Guichard. —Et il est en si bonne santé, qu'il va épouser ma nièce.

Ragoulot. —Il est précieux, celui-là. Il va épouser ta nièce.... un lièvre !

Tous. — Un lièvre !...

Guichard. —Oh ! j'y suis ; comment ! c'est un lièvre que tu as blessé... et c'est pour cela que ce matin.... Ah ! ah ! c'est charmant ! Si vous saviez le drôle de quiproquo....

Eugénie.—Et moi qui accusais.... Je disais aussi.... ce bon M. Ragoulot est incapable....

Ragoulot. — Je ne comprends pas....

Guichard. — Je t'expliquerai cela... ainsi qu'à ces messieurs.

Ragoulot. — Il n'est donc pas fou ?

Frédéric. — Bien obligé !

Guichard. — Un peu... mais pas autant que toi....

Ragoulot. — Ce qui me semble le plus clair dans tout ça, c'est que madame.... Mais je ne me plains pas, je n'ai pas le droit de me plaindre *(à part.)*, d'autant plus qu'on aurait pu dire un jour, en me voyant....

SCENE XVI.

Les précédens, JOSEPH.

Joseph, *à Ragoulot.* — Voilà un coucou, qui vous attend, suivi de deux autres.

Tous. — Trois coucous!

Ragoulot. — Que signifie ce mauvais quolibet?

Joseph. — Dam! vous avez été en retenir un vous-même, et vous m'avez dit, ainsi qu'à Gertrude, d'aller vous en chercher.

Ragoulot. — Il faut en renvoyer deux.... Un coucou pour un, c'est assez....

Guichard. — Tu ne partiras pas.

Eugénie. — Je me joins à mon oncle!

Frédéric. — Nous nous joignons à notre oncle.

Ragoulot. — Eh bien! soit, je reste... mais à une condition : c'est que vous me donnerez une petite place pour mon *lacertus* de la grande espèce.

Guichard. — Accordé!

Ragoulot. — Allons, je ne me marie pas, mais je me lance plus que jamais dans le règne animal.

Joseph. — Y reste! me v'là condamné à vivre avec les bêtes!

Final.

ENSEMBLE.

Air : *Mire tes yeux*, etc.

Double dose de bonté,
Cent gros d'indulgence,
Messieurs, voilà l'ordonnance
De la faculté.
Allons, un peu de bonté,
Croyez à la faculté.
Des bravos.., ou je m'évade,
Car. messieurs, si les auteurs
Voyaient leur pièce malade,
Ils s'en prendraient aux docteurs ;
Toujours, quand meurt le malade,
La faute en est au docteur.

Double dose, etc.

FIN.